École Patricia-Picknell
1257, croissant Sedgewick,
Oakville, ON   L6L 1X3
(905) 465-0512 téléphone
(905) 465-0514 télécopieur

Les éditions la courte échelle inc.
Montréal • Toronto • Paris

Denis Côté

Denis Côté est né en 1954 à Québec où il vit toujours. Connu surtout comme écrivain pour les jeunes, il écrit aussi pour les adultes et collabore à des revues comme critique littéraire et chroniqueur. Ses romans lui ont valu plusieurs prix dont le Prix du Conseil des Arts et le Grand Prix de la science-fiction et du fantastique québécois. À la courte échelle, il a publié *Les géants de blizzard* et *Les prisonniers du zoo*. *Le voyage dans le temps* est son huitième roman pour la jeunesse.

Stéphane Poulin

Stéphane Poulin est né en 1961. Il a remporté la mention des enfants au concours Communication-Jeunesse 1983 dans la catégorie Relève puis, l'année suivante, il a reçu son premier prix professionnel de ce même concours. En 1986, il gagne le Prix du Conseil des Arts pour le meilleur illustrateur francophone de l'année.

Il produit des livres pour enfants depuis maintenant 5 ans. Pour lui, les livres sont une source de chaleur inépuisable. *Le voyage dans le temps* est le deuxième roman qu'il illustre à la courte échelle.

Les éditions la courte échelle inc.
5243, boul. Saint-Laurent
Montréal (Québec) H2T 1S4

Conception graphique:
Derome design inc.

Révision des textes:
Odette Lord

Dépôt légal, 1er trimestre 1989
Bibliothèque nationale du Québec

Données de catalogage avant publication (Canada)

Côté, Denis, 1954-

Le voyage dans le temps

(Roman Jeunesse; 18)
Pour enfants à partir de 9 ans.

ISBN 2-89021-095-2

I. Poulin, Stéphane.   II. Titre.   III. Collection.

PS8555.O83B42 1989   jC843'.54   C88-096459-6
PS9555.O83B42 1989
PZ23.C67Be 1989

Denis Côté

LE VOYAGE DANS LE TEMPS

Illustrations
de Stéphane Poulin

Chapitre I
Drôle de surprise!

Mon cher Maxime, c'est à ton tour de te laisser parler d'amour...

Ils m'ont chanté la chanson d'anniversaire au moins dix fois. Et ma soeur Ozzie, trois fois à elle seule, sur trois rythmes différents. Reggae, rock and roll et hard rock.

Comme la plupart des vraies rockeuses, Ozzie fait toujours tout pour être la plus affreuse possible. Du point de vue de l'apparence, je veux dire.

Je ne comprends absolument pas les garçons qui tournent autour d'elle. On a beau dire que les goûts ne se discutent pas, il y a quand même des limites.

Ma famille était là en entier autour de la table. Quand je dis ma famille, j'inclus Jo et Pouce aussi. Jo n'est pas ma soeur, et c'est une chance. Parce que ce n'est pas bien vu d'être amoureux de sa soeur, même un petit peu.

Pouce, c'est mon meilleur ami. Mais comme c'est un garçon et qu'il est très grand et très musclé, pas de danger que je tombe amoureux de lui un jour! Ça, c'est une blague que je lui répète souvent et on en rit chaque fois.

Quant à mes parents, Hugo et Prune, ils n'avaient pas besoin de se forcer non plus pour que je les adore.

On a rigolé. On a joué à des jeux. J'ai reçu des cadeaux. C'était une journée formidable.

Après le repas, j'ai eu une idée romantique à souhait. J'ai proposé à Jo de faire une promenade dehors. Juste nous deux, sous la pleine lune.

Je ne sais pas vraiment ce que *romantique à souhait* veut dire. Mais la pleine lune, c'est ce qui a été inventé de plus beau pour une promenade.

Je voyais bien que ça ne disait rien à Jo de sortir. C'était pourtant ma fête et on peut faire des caprices ce jour-là. On est allés chercher nos manteaux dans ma chambre. À cause de l'automne, il faisait de plus en plus froid le soir.

J'étais en train de boutonner mon manteau quand Jo m'a dit de regarder.

— Regarder quoi?

— Là, là! C'est quoi, ça?

Elle me montrait quelque chose de bizarre, sur le plancher, à côté du lit. Je me suis approché. Il n'y avait pas seulement une chose, mais deux. Et ces deux choses étaient noires, brillantes et pas très jolies.

— Des bottines! s'est écriée Jo. Des bottines du temps de ma grand-mère! Que font-elles ici?

Je me le demandais aussi. Elles ne s'y trouvaient pas quand j'étais entré dans ma chambre pendant la journée. C'étaient de très vieilles et très grosses bottines qui montaient plus haut que les chevilles, avec des lacets d'au moins un mètre de long.

Malgré leur grand âge, elles étaient toutes propres et bien cirées. Je n'avais jamais vu des antiquités pareilles.

J'ai regardé Jo avec un sourire intelligent.

— C'est toi qui me les offres en cadeau, hein? Tu les a sorties de leur cachette pendant que j'avais le dos tourné?

Jo a fait la grimace.

— Jamais de la vie! J'ai plus de goût que ça, quand même!

Ah bon! Si Jo ne les avait pas achetées, c'était tout simplement quelqu'un d'autre. Je me suis assis au bord du lit.

— Que fais-tu, Maxime?

— Je les essaie et j'irai les montrer aux autres. On verra bien qui m'a fait cette surprise.

— Drôle de surprise! Ce doit être une farce d'Ozzie ou de Pouce, ça.

J'ai enlevé mes souliers et j'ai chaussé la première bottine. Elle était très lourde et un peu trop grande pour mon pied. Je ne me suis pas occupé des lacets, puis je me suis levé pour voir de quoi j'avais l'air. Jo s'est mise à rire.

— Ça ne te va pas du tout, Maxime! On dirait que ton pied a enflé. Des vrais souliers de clown!

J'ai chaussé la deuxième bottine. Une

fois debout, ma tête s'est aussitôt mise à tourner. J'ai regardé Jo. Elle était tout embrouillée. Les murs de ma chambre bougeaient.

— Ça va, Maxime? Tu n'as pas l'air bien.

Sa voix était déformée, comme sur un mauvais enregistrement. La chambre disparaissait et réapparaissait dans la même seconde. J'avais peur. Je me demandais si je n'allais pas m'évanouir.

Jo a posé une main sur mon bras. Elle continuait à parler, mais je n'entendais pas. Autour de moi, ça clignotait de plus en plus rapidement.

J'ai baissé la tête. Lentement. Je ne pouvais pas bouger comme je voulais. Les bottines! C'était leur faute si j'étais en train de perdre la carte! Pourquoi je réagissais comme ça? Je l'ignorais. Mais il fallait que j'enlève ces bottines au plus vite!

J'ai essayé de me pencher. La tête me faisait trop mal. J'ai voulu dire à Jo de m'aider, mais les mots ne sortaient pas. Soudain, tout est devenu blanc devant mes yeux. Je pensais que j'étais aveugle.

Ensuite, j'ai eu une sorte de mal de

mer. À deux mains, je me suis agrippé à Jo, et puis c'est devenu tout noir autour de moi.

La noirceur a duré longtemps. Très longtemps.

Je pensais que j'étais mort.

Chapitre II
En quelle année, s'il vous plaît?

Le mal de mer avait cessé. J'ai recommencé à voir ce qui m'entourait. Au début, les images tremblaient comme à travers des larmes. Puis ma vue est redevenue normale.

Jo était tout près de moi. Elle me regardait avec de la terreur dans les yeux. Moi, je m'agrippais toujours à elle.

Je n'entendais plus les rires derrière la porte.

D'ailleurs, la porte n'était plus là, ni les murs. Et les bruits de la fête s'étaient envolés.

Ma chambre avait disparu. À la place, on voyait une rue et des maisons de chaque côté, des gens qui marchaient et le ciel gris au-dessus de nous.

J'ai eu une série de gros frissons, à cause du froid qui traversait mon manteau. J'avais aussi très peur. Jo s'est collée contre moi comme une amoureuse éperdue. Mais je suis sûr qu'elle n'avait pas le goût d'être romantique à souhait.

— Où on est, Maxime?

Dans la vie, il y a beaucoup de questions sans réponse. C'est ce que me dit Hugo, quand ses encyclopédies ne servent plus à rien. Jo venait de poser une de ces questions-là.

Les passants avaient tous un air ancien, avec leurs vêtements farfelus et leurs drôles de chapeaux. Même les enfants étaient démodés, et il y en avait beaucoup dans la rue.

On ne voyait pas d'édifices avec leurs fenêtres par millions. Seulement des maisons, pas très hautes, qui avaient l'air toutes gênées d'être là.

Il n'y avait même pas d'automobiles. Au lieu de ça, des hommes conduisaient des charrettes tirées par des chevaux. Tout ce qu'on voyait était vieux, comme sur les photos des manuels d'Histoire. On aurait dit un décor de film.

— Où on est? répétait Jo. Pourquoi on est ici? Si c'est Ozzie ou tes parents qui nous ont fait une farce, je ne la trouve vraiment pas drôle!

— Impossible, Jo. Personne n'aurait

pu faire une farce pareille.

Tous les deux, on a baissé la tête pour regarder mes bottines.

— C'est leur faute! a dit Jo en criant presque. C'est à cause de tes bottines! Enlève-les vite!

Quand on a des problèmes, ce n'est jamais très logique d'accuser des chaussures. Mais je ne voulais pas être plus logique que le pape, vu les circonstances.

Une bottine sous chaque bras, j'ai entraîné Jo plus loin.

J'examinais les maisons en essayant de me rappeler si elles me disaient quelque chose. L'hypothèse d'un décor de film ne tenait pas tellement debout. On ne voyait pas de caméra à l'horizon, ni personne qui ressemblait à un réalisateur.

Et si on se trouvait en plein tournage, les acteurs jouaient drôlement bien leur rôle. Tout le monde avait l'air fâché ou triste. Jo et moi, on n'avait vu que des sourires pendant la journée, et ça faisait un contraste.

Les gens ont commencé à nous regarder avec de gros yeux. Un garçon en chaussettes par un froid d'automne, ça se remarque!

On a marché plus vite. Soudain, une cloche a sonné dans notre dos, tout près. Juste derrière nous, un cheval tirait une sorte de train et on était sur sa route. J'ai pris Jo par la manche. Je venais seulement de remarquer qu'un chemin de fer passait au milieu de la rue.

— Un tramway! a dit Jo. C'est comme ça que ça s'appelle. J'en ai déjà vu un sur une vieille photo.

— C'est un cheval qui le fait avancer. Bizarre. Il y a une crise de l'énergie ou quoi?

— Avant, les chevaux remplaçaient les moteurs. Les savants n'avaient pas encore découvert l'automobile et tout ça. Mais ça se passait dans l'ancien temps! Et nous, on vit en 1989! Maxime, j'ai peur, c'est terrible!

Une femme s'est arrêtée à côté de nous pour nous examiner. Elle était bien habillée, avec des vêtements très rétro et très chic. Comme elle pouvait peut-être nous aider, on ne s'est pas enfuis.

— Où vos parents ont-ils acheté ces manteaux?

Elle regardait aussi mes chaussettes et elle n'en revenait pas comme les jeunes font de drôles de choses. C'est moi qui ai répondu.

— Madame, on a un gros problème. Peut-être que...

— Je n'ai jamais vu des manteaux semblables. C'est une nouvelle mode?

— On est complètement égarés, mon amie et moi. Aidez-nous, je vous en prie. Pourriez-vous nous dire où nous sommes actuellement?

— Dans quelle ville, madame? C'est très important, on est perdus!

Elle a pensé un instant qu'on se moquait d'elle. Puis notre air de chiens battus l'a fait changer d'idée.

— Vous me semblez tout à fait perdus, en effet. Ignorez-vous que vous êtes à Québec?

Avec des yeux plus épagneuls que jamais, Jo m'a regardé.

— À Québec? Mais Québec ne ressemble pas à ça! C'est notre ville, on la connaît bien!

Alors, la dame a levé le nez sur nous, puis elle a traversé la rue. Jo a couru derrière elle.

— Dites-nous en quelle année on se trouve! S'il vous plaît!

La question de Jo n'était pas bête. Avec toutes les antiquités qui nous entouraient, c'était même la plus importante. Mais la dame, insultée, s'éloignait toujours.

Jo s'est arrêtée devant la vitrine d'une espèce de pharmacie. Elle ne bougeait plus. J'ai été la rejoindre en courant.

À travers la vitrine, on pouvait voir un calendrier avec des chiffres immenses pour chaque jour. Jo s'était changée en statue en voyant l'année inscrite en haut.

Ça m'a assommé, moi aussi, d'apprendre qu'on était en 1889.

Chapitre III
La Charbonneuse

— Ne nous affolons pas. Il doit y avoir une explication.

C'est ce qu'on dit toujours dans ces cas-là. Mais une explication, je n'en avais même pas la moitié d'une.

Ces gens d'une autre époque continuaient à marcher, sans se rendre compte qu'ils vivaient un moment historique. Nous, on s'en rendait tellement compte qu'on se cachait avec nos mains pour pleurer.

Puis Jo a fait une crise à propos des bottines. Elle voulait me les arracher et les lancer au bout de ses bras. Elle les haïssait vraiment. J'ai essayé de la consoler. J'étais un peu amoureux d'elle, mais j'ai compris encore une fois que l'amour n'arrange pas tout.

— Jo, on a besoin de ces bottines. C'est notre seule piste, tu comprends?

— Non, je ne comprends pas!

— Elles sont très vieilles. Elles ont peut-être même cent ans. Et l'année 1889, c'est cent ans avant mon anniversaire. Les bottines pourraient venir d'ici, tu comprends?

— Ça ne nous ramène pas chez nous, ça!

— Je ne sais pas pourquoi on est ici. Je ne sais pas non plus ce que les bottines viennent faire là-dedans. Mais on va revenir chez nous, je te le jure.

Je me prenais sans doute pour un héros. Mais c'était de la frime. En réalité, j'avais peur comme ce n'est pas possible et cette drôle de peur-là me faisait mal à la gorge.

— Viens. On va essayer de s'informer si quelqu'un les a déjà vues, mes bottines. On ne sait jamais.

— Et si on demandait de l'aide à des policiers? On pourrait leur expliquer!

J'aurais bien voulu. Mais qui aurait cru à notre histoire? «Écoutez, monsieur l'agent, on vient de l'année 1989. On a voyagé jusqu'ici à bord d'une paire de bottines. Pourriez-vous nous ramener chez nous?»

Ou bien la police nous aurait ri au nez,

ou bien elle nous aurait mis dans un asile. Il y avait sûrement d'autres choses à tenter avant la camisole de force.

Pendant qu'on marchait, une charrette nous a dépassés. On ne voyait pas ce qu'elle transportait, parce que c'était caché sous un drap blanc. Mais on a entendu une plainte.

On a regardé comme il faut. Le drap a bougé. Une petite main pâle en est sortie et le drap a encore glissé. Assez pour qu'on voie deux enfants couchés dans la charrette.

— C'est horrible! a dit Jo. Mais qu'ont-ils fait à ces enfants? Couchés dans une charrette comme des sacs de farine!

Un groupe d'hommes est passé en nous bousculant comme si on ne comptait pas. Ils parlaient fort. On aurait dit qu'ils en voulaient à quelqu'un. Mais ils sont passés trop vite pour que j'en sache plus.

Soudain, Jo a souri en me montrant une boutique. C'était son premier sourire depuis notre arrivée en ce bas-monde. Au-dessus de la porte, il y avait le mot Cordonnier. Je l'ai trouvée géniale, Jo. Si quelqu'un pouvait reconnaître une paire de bottines, c'était bien un cordonnier!

L'homme travaillait derrière son comptoir. Ça sentait la graisse et le cuir là-dedans. Une bonne odeur antique. Il a fait comme tout le monde et nous a regardés avec de gros yeux.

Je lui ai montré la paire de bottines. Il les a examinées, puis il a dit en grognant:

— Qu'est-ce qu'elles ont, ces bottines? Elles sont neuves.

— Ce n'est pas pour une réparation, monsieur. On veut juste savoir si vous les avez déjà vues.

— Je ne les ai jamais vues, mais je sais d'où elles viennent. Je connais mon métier.

Ma gorge s'est desserrée un peu. Jo a fait un petit bond de joie.

— Elles ont été fabriquées à l'usine Bogarty. C'est bien leur style.

L'usine en question était située tout près. On est partis en le remerciant.

L'espoir nous donnait des ailes. Mais c'étaient des ailes qui volaient bas, parce qu'on avait le coeur très lourd. En marchant vers l'usine, on a croisé d'autres charrettes avec des draps blancs.

Des femmes pleuraient sur leur passage. Des hommes parlaient entre eux en gueulant. Parmi les passants, on aurait dit que les enfants étaient les seuls à garder le moral.

Plus on s'approchait de l'usine et moins les maisons étaient belles. Les gens aussi semblaient moins bien habillés. Je ne reconnaissais pas encore vraiment la ville de Québec, mais tout ça commençait à ressembler à quelque chose de familier.

On a presque hurlé quand on a vu la grosse bâtisse avec Bogarty Boots & Shoes écrit dessus.

Collé à l'usine, il y avait un commerce de chaussures. On s'est précipités dans la boutique. Mes chaussettes étaient trempées. Mais quand on est perdus dans une autre époque, on passe par-dessus ce genre de détails. Sans le vouloir, on a fait claquer la porte.

— Petits sauvages! a crié le vendeur. Vos parents ne vous ont pas élevés?

On en avait assez de la mauvaise humeur partout. Mais on n'a rien répondu parce que la violence ne mène nulle part et que ce n'était surtout pas le moment.

Pendant que le vendeur nous engueulait devant ses clients, il a remarqué les bottines dans mes mains.

D'un coup, il a reculé. On aurait dit qu'il voyait deux pistolets au lieu d'une paire de chaussures. Il ne parlait plus, mais sa bouche est restée ouverte comme chez le dentiste.

— Qu'y a-t-il, monsieur? Qu'est-ce qu'elles ont, mes bottines?

Je les ai soulevées un peu et le vendeur a fait un autre pas en arrière. Les clients nous regardaient sans comprendre.

Le vendeur m'a désigné d'un doigt menaçant.

— Où as-tu trouvé ces bottines?

— Elles m'appartiennent. C'est bien ici qu'elles ont été fabriquées?

Il a fait un signe de croix, très vite.

— Que Dieu me pardonne! Où les as-tu trouvées?

— Nulle part, je vous dis.

— Petit menteur! Tu sais très bien qui nous les a commandées, il y a six mois. Vous êtes des diables. Pourquoi venez-vous me tourmenter ici?

Il a foncé vers moi comme un camion qui démarre. Heureusement que le comptoir lui barrait la route, car il y aurait eu un terrible accident. Il a crié.

— Où se cache-t-elle?

— Mais de qui parlez-vous?

— Tu le sais! Ces bottines lui appartiennent! C'est elle qui les voulait, Dieu sait dans quel but ignoble!

— Allons-nous-en, Maxime.

— Ce sont des complices de la Charbonneuse! a hurlé le vendeur.

Les clients se sont écartés comme si on était des criminels. Jo avait raison: on n'avait plus rien à faire là. On a mis le cap vers la porte.

— Ne les laissez pas s'enfuir! Attrapez-les!

Cette histoire devenait complètement folle ou bien c'était tout ce monde-là qui était dérangé. On est sortis à toute vitesse, mais le vendeur n'avait pas fini son numéro.

— Rattrapez-les! Ils doivent payer pour leurs innocentes victimes! Ce sont des démons de l'enfer!

Chapitre IV
Mme Fortune

Je courais comme aux Olympiques et Jo ne se faisait pas prier non plus. Les passants se retournaient pour mieux voir notre exploit.

On s'est faufilés dans la foule et nos poursuivants nous ont perdus de vue. Il y avait aussi le soir qui commençait à tomber.

Quand on a cru que c'était gagné, on a cessé de courir. On avait descendu une longue pente sans regarder où on allait. Maintenant, on pouvait s'intéresser à ce qui se passait autour de nous.

À notre gauche, il y avait un port. Et derrière, un fleuve. Le Saint-Laurent, bien sûr. Il n'avait pas trop changé, celui-là, en cent ans.

On se trouvait dans une ruelle avec beaucoup d'enfants mal habillés. Plusieurs portaient un chapeau sur la tête. Les maisons étaient laides et sales, et des

planches de bois recouvraient la rue. Un peu partout, il y avait des déchets qui ne sentaient pas bon.

— Tu sais où on se trouve? a dit Jo. Sur la rue Petit-Champlain. J'y suis déjà venue avec ma mère, mais c'était beaucoup plus touristique.

Puis ses yeux se sont remplis de larmes.

— Ma mère... Je me demande où elle est en ce moment.

Je n'ai pas eu le temps de dire n'importe quoi. Quelqu'un venait de crier dans notre dos. On s'est remis à courir en direction du port, avec plusieurs enragés à nos trousses.

J'ai bien failli m'arrêter et leur demander ce qu'on avait fait de si mal. Le courage, c'est très beau et très héroïque, mais ce n'est pas toujours là quand on en a besoin.

Notre course nous a ramenés sur la rue Petit-Champlain. Comme je regardais souvent en arrière, je suis entré en collision avec une femme. Mais c'est moi qui suis tombé, parce qu'elle était plutôt bien portante.

— Tu t'es fait mal?

Je me suis relevé, prêt à repartir.

— Ne courez plus. Cachez-vous ici.

Elle nous montrait l'entrée d'une cour. Il y avait beaucoup de bonté dans les yeux de cette femme. On n'a pas réfléchi longtemps. Elle est venue nous rejoindre dans la cour et elle nous a poussés dans un escalier.

— Montez. Ils ne viendront pas vous chercher chez nous.

Une fois la porte fermée, on s'est retrouvés au milieu d'une bande d'enfants dans une pièce minuscule et pas très propre. Les enfants nous examinaient avec les yeux de la pauvreté.

Ça nous faisait aussi une drôle d'impression de voir ces meubles folkloriques: le poêle en fonte, les chaises de bois et tout le reste. Ces gens-là devaient s'ennuyer à mort sans la télévision.

La femme nous a dit qu'elle s'appelait Mme Fortune.

— Mais tu n'as pas de chaussures aux pieds! Pourquoi as-tu enlevé tes bottines?

— Elles ne sont pas à moi. C'est un cadeau pour ma mère.

— Comment peux-tu porter un si

beau manteau et pas de chaussures? Tu vas attraper la tuberculose par un froid pareil.

Elle a fouillé dans une grosse malle, puis elle m'a montré une paire de souliers avec des trous. Je les ai chaussés et Mme Fortune m'a donné deux bouts de corde pour les lacer. Elle paraissait très contente de son coup.

— Pourquoi faites-vous ça? a demandé Jo. Vous nous cachez ici et vous donnez des souliers à Maxime. Tandis qu'il y a des gens, là dehors, qui nous veulent du mal.

Mme Fortune avait de grosses joues très rondes et ça suffisait pour qu'on se sente bien avec elle.

— Je ne sais pas pourquoi ils vous poursuivent et ça ne me regarde pas. A-t-on idée de vouloir du mal à des enfants? Moi, j'en ai trois qui travaillent à l'usine et le contremaître ne passe pas une semaine sans les battre!

Les enfants de Mme Fortune s'échangeaient des réflexions sur nos beaux vêtements. Ils devaient nous prendre pour des riches. J'ai décidé de m'ouvrir un peu à Mme Fortune.

— Jo et moi, on est perdus. Ceux qui nous poursuivent disent qu'on est des complices de la Charbonneuse. Mais on ne connaît personne qui s'appelle comme ça. On vient juste d'arriver en ville.

— Quoi! La Charbonneuse?

Elle avait le même air dramatique que

le vendeur de chaussures. Elle s'est recu-
lée un peu et elle a écarté les enfants.

— Vous n'allez pas vous mettre à
avoir peur? a dit Jo. Mais qu'est-ce que
vous avez tous, à la fin? Qui c'est, cette
Charbonneuse?

Il y a eu une longue pause pleine de
silence et d'hésitation. Je ne sais pas si
c'était à cause de sa bonté ou quoi, mais
Mme Fortune s'est radoucie. Elle a dit
aux enfants d'aller jouer dans la cour.
Ensuite, elle nous a regardés bien en
face.

— Vous êtes sûrs que vous ne con-
naissez pas la Charbonneuse?

— On ne connaît personne, personne,
je vous jure! a dit Jo.

Mme Fortune a baissé la tête et elle a
fait un signe de croix.

— Je vous fais confiance.

— Pourriez-vous nous dire, maintenant, qui est cette Charbonneuse et pourquoi les gens lui en veulent tant?

— Mes enfants, la Charbonneuse a
été bannie de cette ville parce que...
Parce que c'est une sorcière! Oui, une
sorcière!

Chapitre V
Sorcière et loup-garou

— Une sorcière? a dit Jo. Mais
voyons, madame, vous ne croyez pas à
ces sornettes? Les sorcières, ça n'existe
pas!

— Hélas, il y a des preuves! La Charbonneuse est une horrible sorcière! Elle
s'est acoquinée avec le diable!

Mme Fortune s'est assise sur une chai-
se pour mieux nous raconter. Elle a dit

que la Charbonneuse était institutrice. Et mécréante aussi. Ça voulait dire qu'elle ne pratiquait pas sa religion.

J'ai failli dire que là d'où l'on venait, presque tout le monde était mécréant et que c'était normal.

Le vrai nom de la sorcière, c'était Charbonneau. Mais parce que son âme était noire comme chez le diable, les gens l'avaient surnommée la Charbonneuse. À cause du charbon qui est de couleur noire.

Il paraît que la Charbonneuse disait des choses diaboliques à ses élèves durant la classe. Elle a finalement été chassée de l'école et ensuite de la ville.

Il y a même des hommes qui voulaient la brûler, parce que c'est comme ça que les sorcières doivent mourir. Mais les prêtres ont dit qu'il ne fallait quand même pas exagérer.

— Après son départ, une épidémie de variole a éclaté. Au début, c'étaient surtout les enfants qui mouraient. Maintenant, les adultes sont atteints par dizaines.

Je venais de comprendre à propos des enfants couchés dans les charrettes! Ils étaient très malades et peut-être morts.

Mme Fortune a sorti un mouchoir de sa robe et elle a commencé à s'éponger les yeux. Ce n'était pas drôle de voir pleurer une femme si bien portante et avec de si bonnes joues.

— La variole a emporté mes deux plus jeunes enfants. On n'a jamais vu une épidémie comme ça. La Charbonneuse a ensorcelé notre eau et le lait des vaches.

Pendant que Mme Fortune pleurait, Jo caressait un de ses gros bras pour la réconforter.

— Cette nuit, ce sera la pleine lune. La Charbonneuse va en profiter pour se changer en loup-garou! C'est ce qui arrive aux sorcières et aux mécréants. Mais des hommes se regroupent pour aller la capturer. Ils vont lui trancher le cou pour chasser le démon qui l'habite. Et notre ville sera délivrée de sa malédiction.

Je me rappelais les hommes de mauvaise humeur qu'on avait vus un peu partout. Maintenant qu'ils nous prenaient pour les complices de la sorcière, on risquait de perdre la tête, nous aussi!

On ne pouvait pas dire la vérité à qui que ce soit et raconter tout bonnement qu'on venait du futur. Cela aurait confirmé qu'on était des démons. Toutes les apparences étaient contre nous.

— Madame, je suis peiné au sujet de la variole et de vos enfants. Mais les loups-garous, ça n'existe pas! C'est juste des contes de ma grand-mère.

Elle ne me croyait pas.

— Le Grand Georges l'a vue le mois dernier! Il se promenait dans la campagne pendant la nuit et il a entendu son hurlement. Heureusement qu'il est rusé, Georges, sinon la Charbonneuse l'aurait dévoré.

Mme Fortune a fait un grand geste.

— Transformée en loup-garou, elle était plus grosse que le plus gros des chiens. Tout son poil était noir comme de la suie. Elle avait les dents longues et pointues. Et ses yeux sournois brillaient comme du feu.

Je n'ai jamais tellement aimé les films d'horreur avec les vampires, les loups-garous et les flaques de sang. Mais je peux en supporter pas mal tant que ça reste sur un écran de cinéma.

Lorsque l'horreur fait partie de la vie, c'est autre chose. Quant aux émotions, j'étais très bien secondé par Jo qui me regardait avec des yeux remplis de S.O.S.

Il fallait que Mme Fortune prépare le repas. On est restés dans notre coin. J'ai essayé d'être raisonnable et j'ai fait celui qui en sait plus que les autres.

— Drôle d'époque! Ils croient encore aux sorcières et aux loups-garous. On sait bien, nous, que ces choses-là n'existent pas.

Jo était toute pâle dans son beau manteau rouge. Ses lèvres tremblaient.

— Maxime... Les loups-garous et les sorcières n'existent pas en 1989. Mais peut-être qu'ils ont déjà existé dans le passé. Peut-être qu'il y en a encore en 1889!

La peur n'était plus seulement dans ma gorge maintenant. Elle s'était cachée dans ma poitrine et s'amusait comme une folle là-dedans.

Jo s'est collée contre moi. Une seconde après, on ne savait plus qui serrait l'autre dans ses bras.

— Je veux revenir chez moi, Maxime.

Ses larmes mouillaient ma joue et moi, j'essayais d'être intelligent. Tout ce que je réussissais à faire, c'était pleurer plus fort qu'elle. À la fin, j'ai eu une espèce de sursaut d'énergie.

— Il faut aller voir la Charbonneuse, Jo! Et tout lui raconter!

— Quoi! Rencontrer cette sorcière qui se change en loup? Mais tu es fou, Maxime? Elle va nous tuer!

— C'est notre seule chance de retourner à notre époque. C'est elle qui a commandé les bottines à l'usine de chaussures. Si on veut suivre cette piste jusqu'au bout, il faut aller la voir!

— Jamais de la vie! Je ne veux pas mourir!

Moi non plus, je ne voulais pas. Mourir à treize ans, c'est inhumain. J'avais dix doigts comme tout le monde, mais je ne savais encore rien faire avec. Si je mourais maintenant, mes années d'école n'auraient servi à rien.

Et puis j'avais plein de livres à lire et plein de films à regarder à la télé. Sans oublier Hugo, Prune et tous mes amis qui ne me pardonneraient pas de les abandonner. Mais si on ne faisait rien, on resterait coincés à une époque qui ne voulait pas de nous.

À force d'arguments pour me convaincre moi-même, j'ai fini par convaincre Jo. Oh, notre conviction n'était pas très belle à regarder! C'était une petite conviction de rien du tout, minuscule. Il aurait fallu un microscope pour la voir comme il faut.

Mais ça valait mieux que rien. Tous les grands projets ont d'ailleurs commencé comme ça, c'est Hugo qui me l'a dit.

— Pas de temps à perdre! Les hommes s'organisent pour tuer la Charbonneuse. Il faut la rencontrer avant qu'il ne soit trop tard.

On a pleuré encore un coup, puis on s'est préparés à partir.

Chapitre VI
Nous, des lutins?

Personne ne savait exactement où se cachait la sorcière. Mais les rumeurs disaient qu'elle vivait à la campagne, du côté de Beauport. C'était dans ce coin-là que le Grand Georges avait rencontré le loup-garou, un mois avant.

On a mangé un peu. Puis on a remercié Mme Fortune pour toutes ses gentillesses. Elle était inquiète pour nous. J'ai dit qu'on essaierait de retrouver nos parents qu'on avait perdus. Ce n'était même pas un mensonge.

J'ai attaché ensemble les lacets de mes bottines et je les ai passés derrière mon cou. Les bottines ne se verraient pas sous mon manteau.

Il faisait très noir dehors. En 1889, il n'y avait pas de lampadaires partout ni d'enseignes lumineuses pour nous faire oublier les étoiles. Le ciel s'était dégagé. La pleine lune était sortie de sa cachette.

Elle ne voulait pas manquer son rendez-vous macabre avec la sorcière.

Notre plan était simple et idiot, mais on n'en avait pas d'autre. Les chasseurs de loups-garous devaient partir pour Beauport vers vingt heures. Il nous suffirait de les suivre sans se faire remarquer.

Ils devaient se réunir à la porte Saint-Jean. Comme Jo et moi, on commençait à pouvoir s'orienter dans la ville, ce ne serait pas compliqué d'y être à temps.

Le seul problème, c'était de se rendre jusque-là. Impossible de passer inaperçus dans la foule puisque la foule était rentrée à la maison. Il a donc fallu jouer aux plus fins avec les entrées de cour, les portes cochères et l'ombre des murs.

En haut de la côte qui mène à la Place Royale, on a pris la rue Buade, puis la rue Saint-Jean.

Ce serait faux de dire qu'on se sentait comme chez nous, mais on était moins perdus que durant l'après-midi. C'était notre ville, après tout, même si elle avait pris un coup de vieux.

Près de la porte Saint-Jean, il y avait déjà trois charrettes et une vingtaine d'hommes qui beuglaient tout autour. Plusieurs brandissaient une faux, comme s'ils partaient couper du foin. D'autres avaient des bouteilles de vin.

Les faux, c'était pour trancher le cou de la Charbonneuse. Et le vin, c'était pour ne rien sentir durant l'opération. On appelle ça l'anesthésie.

On n'a pas bougé jusqu'au départ de la première charrette. La moitié des hommes y étaient montés. Même si je connais mal ma géographie, j'ai pensé que ça leur prendrait bien deux heures pour se rendre à Beauport.

Jo et moi, on aurait donc deux heures pour trouver la Charbonneuse. Parce que, selon mon expérience de l'horreur, elle se transformerait en louve aux environs de minuit.

Le reste des hommes a pris place dans la deuxième charrette et ils sont partis à leur tour. La troisième était remplie de foin. On a piqué un sprint et on s'est enfoncés dans la paille. Quelques secondes plus tard, on partait, nous aussi. Tout allait très bien pour le moment.

— À quoi elle sert, cette charrette? m'a dit Jo tout bas. Ils en ont juste besoin de deux pour se transporter. Penses-tu que c'est pour ramener le cadavre de la Charbonneuse?

Jo a parfois ce genre de pensées négatives. J'ai songé au sang de la sorcière qui se répandrait dans le foin, une fois sa tête coupée. Alors, j'ai essayé de voir le bon côté des choses.

Notre promenade aurait pu être super dans d'autres circonstances. Après tout, on était bien dans la paille, au chaud. Ça sentait un peu l'étable. Et les chevaux, là devant, faisaient un beau bruit de sabots.

— Que va-t-on lui dire, à la sorcière? Et si elle ne nous croit pas? Et si elle ne nous laisse pas parler? Et si elle est déjà changée en loup-garou à l'heure actuelle? Un loup-garou, ça ne discute pas, Maxime! Ça dévore, simplement!

— D'abord, Jo, un loup-garou, ça n'existe pas.

— Mais les voyages dans le temps non plus! Et regarde de quoi on a l'air, avec nos belles théories scientifiques!

Jo a une logique terrible. Si je l'avais écoutée, j'aurais sauté de la charrette et j'aurais pris mes jambes à mon cou. Mais il fallait garder la tête froide. Ce n'est jamais facile quand il est question de sorcières, de malédictions et de loups-garous.

On a continué à parler comme ça pendant un bon moment. Sans s'en rendre compte, je crois qu'on avait haussé le ton. Car la charrette s'est arrêtée. Le conducteur est descendu et on l'a entendu marcher dans notre direction.

— Ernest! a crié quelqu'un. Pourquoi tu t'arrêtes?

— Il me semble que j'ai entendu des voix. Je vais voir.

— Des voix? Sacré nom de Dieu, c'est peut-être des lutins! Fais attention!

On n'était pas des lutins, mais on se sentait drôlement visés. J'ai poussé Jo en bas de la charrette et j'ai sauté en même temps. On s'est mis à courir vers le bord de la route, jusqu'au fossé.

Autour de nous, il n'y avait plus de ville. Seulement la campagne avec toute sa noirceur et la pleine lune qui surveillait tout ça.

On a grimpé un talus et on s'est enfoncés dans les herbes. Les hommes couraient derrière nous en hurlant. On ne savait pas où se diriger. Seule la lune nous éclairait et on ne voyait aucune habitation dans les alentours.

On était foutus. Je suis tombé dans une flaque de boue et Jo m'a aidé à m'en sortir. Les chasseurs de loup-garou étaient tout près.

— Rien à faire, Jo! On s'arrête et on leur explique qui on est!

— Ils ne nous croiront pas, tu le sais! Il faut courir. On va se cacher dans la forêt là-bas!

Cette forêt était éloignée. J'ai couru encore un peu, pour prouver que je

n'étais pas un lâcheur. Ensuite, je me suis écroulé au pied d'un arbre. J'ai serré Jo contre moi. Tout ce que j'entendais, c'était le bruit de nos respirations. On aurait dit qu'on était en train de se noyer.

Mes bottines sont tombées de mon manteau. Les hommes étaient tout près maintenant. Certains d'entre eux avaient allumé des fanaux. Ils nous entouraient et nous observaient méchamment.

— Regardez-les! Faits comme des rats!

— Attention! Il paraît que c'est très dangereux, un lutin.

— On dirait que l'un des deux est une femelle!

Leurs visages ne ressemblaient pas à des visages. C'étaient plutôt des grimaces. Un homme s'est approché avec sa faux.

— Vas-y, Albert! Coupe-leur le cou à ces créatures du diable!

Chapitre VII
Le rire de la sorcière

La faux allait s'abattre dans les prochaines secondes et commettre une grave erreur judiciaire. Mais moi, je suis pour la justice. Je ne pouvais pas laisser faire ça, surtout que ça me concernait un peu.

Je regardais mes bottines tombées dans l'herbe et je devinais que la solution était là. Mais quelle solution?

Puis j'ai eu l'idée de ma vie. J'ai saisi les bottines et j'ai arraché mes souliers à toute vitesse. Pendant que je chaussais une bottine, l'homme s'est immobilisé. Il se demandait sûrement quel tour de lutin je m'apprêtais à lui jouer.

— Que fais-tu? m'a demandé Jo.

Le tueur à la faux a fait un autre pas. Ses compagnons l'encourageaient avec des rires imbéciles.

— Si mes bottines nous ont conduits en 1889, elles peuvent nous conduire jusqu'à la sorcière. Agrippe-toi à mon manteau!

En chaussant la deuxième bottine, j'ai senti ma tête qui tournait. J'ai entouré Jo de mes deux bras pour le décollage. Je voyais les hommes clignoter. Puis toutes les lumières se sont éteintes et on aurait cru que la planète entière s'était mise à tourner plus vite.

Quand les choses se sont replacées, les tueurs de sorcière avaient disparu. On était toujours étendus sur le sol, enlacés comme des amoureux.

Au lieu d'un seul arbre, il y en avait mille. On se trouvait dans une forêt. C'était encore la nuit, et la lune était joufflue comme un pamplemousse.

J'ai enlevé mes bottines avec tout le respect qui leur était dû. À présent, j'étais un peu réconcilié avec elles. Puis j'ai remis les souliers que j'avais conservés durant le voyage.

— Si jamais on revient chez nous, Maxime, penses-tu que nos parents vont nous croire?

— Il ne faut jamais trop en demander, Jo.

On était très fiers d'être toujours vivants. Jo me souriait. Elle souriait jaune, mais c'était bien un sourire. Il ne manquait plus que nos bicyclettes, le soleil et 1989 pour qu'on soit parfaitement heureux. J'ai essayé de m'orienter.

— On ne doit pas se trouver très loin de la sorcière. Faisons le moins de bruit possible.

Même si tout était silencieux, je me méfiais des hommes qui avaient voulu nous zigouiller. On a marché une dizaine de minutes en se tenant par la main pour ne pas se perdre. Puis Jo m'a indiqué quelque chose du doigt avant de s'accroupir dans l'herbe.

— Une maison, là, tu vois?

À une centaine de mètres devant nous, la maison était plantée au milieu d'une clairière. Elle était vraiment petite et vieille. Elle menaçait de s'écrouler. À ce moment-là, la lune était placée exactement au-dessus, comme un ballon retenu par une corde.

On s'est approchés en rampant. Si on avait pu, on aurait creusé un tunnel dans la terre pour être complètement invisibles.

Maintenant que la maison était là, toutes ces histoires de sorcellerie paraissaient

plus véridiques. On s'attendait à n'importe quoi, mais seul le pire pouvait arriver.

J'étais tellement nerveux que j'ai failli
hurler quand Jo m'a touché la main.

— Quelqu'un vient de sortir. Regarde.

C'était une femme tout habillée de
noir, avec des cheveux ébouriffés comme un feu d'artifice. On était trop loin
pour voir si elle était jeune ou vieille.

Elle a fait quelques pas sous la lune, puis elle s'est arrêtée.

— Que fait-elle? On dirait qu'elle écoute ou qu'elle se concentre.

— C'est une sorcière, a dit Jo. Elle a peut-être l'ouïe très fine et la vue perçante. Dans ce cas, elle peut nous entendre à distance. Peut-être même qu'elle voit dans le noir, on ne sait pas.

— Ça suffit, Jo. Elle est assez horrible comme ça sans qu'on en rajoute.

Ensemble, on a sursauté quand la Charbonneuse a levé les bras vers le ciel. Puis elle a commencé à parler, mais on ne distinguait pas ce qu'elle disait. Je n'étais même pas sûr que ce soit dans notre langue.

— Je sais ce qu'elle fait, a dit Jo d'une voix tremblante. Elle invoque la lune! Elle parle à la lune pour lui demander une faveur!

— Quelle faveur?

— Être transformée en louve, voyons!

L'unique personne qui pouvait nous aider était là, dans la clairière, en train d'invoquer la lune pour se changer en monstre. Cette femme avait jeté une malédiction sur la ville et les gens mouraient de variole à cause de ça.

C'était une femme méchante, une sorcière, et il fallait pourtant l'appeler à notre secours. Vraiment, la vie n'est pas toujours au meilleur de sa forme.

La cérémonie a duré une dizaine de minutes, puis la sorcière est rentrée chez elle. Avant qu'elle ne ferme la porte, on l'a entendue éclater d'un rire épouvantable. On aurait dit le rire d'une folle ou de quelqu'un qui vient de gagner le gros lot.

Avoir le sang glacé dans les veines, j'ai compris pour la première fois ce que ça veut dire.

— Je crois qu'il faut y aller, Jo.

— Tu es fou? Non, Maxime, je ne m'approche pas de cette femme-là! J'aime mieux passer le reste de ma vie en 1889!

— Mais on est ici pour lui parler! On ne va pas changer d'idée à la dernière minute!

— Maxime, on n'est même pas certains que la sorcière peut nous ramener chez nous! Elle n'a peut-être absolument rien à voir avec notre arrivée ici!

Jo avait enfoui son visage dans les herbes et son corps était secoué par les sanglots. Je me suis demandé pourquoi je ne pleurais pas. Je me sentais un peu idiot et j'ai compris que c'était Jo la plus réaliste.

J'ai caressé ses cheveux comme je n'avais jamais osé le faire. Je me disais que si l'on retournait chez nous un jour, je m'arrangerais pour lui offrir des cadeaux chaque semaine. En fin de compte, je l'aimais encore beaucoup plus que je le pensais.

Je l'ai embrassée sur les joues, je me suis levé et j'ai dit:

— Reste ici. Je vais y aller seul.

— Ne fais pas ça, c'est trop dangereux!

— Je le sais.

Je suis parti tout de suite à cause de la tristesse. Mais à peine rendu à la clairière, j'ai entendu du bruit derrière moi. Jo venait me rejoindre.

— Ça va mieux, Maxime.

Avec Jo à côté de moi, j'avais moins peur de m'approcher de la maison. Sa meilleure amie, c'est quelque chose qui vaut vraiment son pesant d'or.

On marchait lentement en scrutant les arbres qui nous entouraient. Des brindilles craquaient sous nos pieds. La lune éclairait directement la clairière et nous rendait aussi visibles qu'un chanteur rock sur la scène.

La maison était encore plus laide, vue de près. On ne voyait rien par les fenêtres, à cause des rideaux. Devant la porte, j'ai retenu mon souffle. Mes genoux tremblaient.

J'ai frappé trois coups. Il y a eu des bruits de pas dans la maison. La porte s'est ouverte. La sorcière est apparue, avec ses cheveux dans tous les sens et sa longue robe noire.

Elle s'est penchée vers nous sans un mot et on a vu son visage.

Jo a lâché le plus long cri que j'aie jamais entendu.

Ce visage était affreux, abominable! Mes jambes ont eu tellement peur qu'elles m'ont abandonné comme des lâches. Je me suis écroulé. Le cri de Jo me perçait les oreilles.

Ma tête a heurté le sol et j'ai perdu connaissance.

Chapitre VIII
Comment ce sera, l'avenir?

Mon inconscience n'a pas duré très longtemps. Quand je me suis éveillé, quelqu'un me portait dans ses bras et me déposait sur une couchette. Je me trouvais à l'intérieur de la maison.

Jo se tenait près de moi et il y avait une femme derrière elle. Elle était plutôt jolie et portait des vêtements noirs comme ceux de la Charbonneuse.

J'ai demandé où était la sorcière.

— La sorcière? a répondu la jeune femme. La voici, la sorcière!

Elle tenait un masque au bout de son bras. Je l'ai reconnu. C'était le visage de la peur.

— La sorcière, c'est vous! Pourquoi avoir mis ce masque pour répondre à la porte?

— Vous vous attendiez à une vieille sorcière avec un long nez crochu? Eh bien, je ne voulais pas vous décevoir!

Puisque ça va mieux, vous allez me faire le plaisir de décamper. Je suis très occupée en ce moment.

— Occupée à quoi? À vous transformer en louve?

Elle est restée surprise un instant, puis elle a eu son fameux rire démoniaque. Ensuite, elle a crispé ses mains comme des serres et elle a retroussé ses lèvres. Elle ressemblait à un avertissement: Attention! chien méchant!

— À minuit pile, je serai devenue un loup-garou!

Elle avait dit ça avec une voix si effrayante qu'on aurait cru celle du démon.

— Je me promènerai dans la campagne à la recherche d'une proie. Et si je ne trouve personne d'assez appétissant par ici, j'irai dévorer quelqu'un de la ville. Un enfant, de préférence! Ils ont la chair si tendre!

Pour Jo et moi, c'était la terreur à l'état pur. Tout ce que Mme Fortune nous avait dit était donc vrai. On finirait notre séjour en 1889 dans l'estomac d'une sorcière. Que cette sorcière soit jolie, on s'en foutait royalement. C'était juste une question d'emballage.

On était roulés en boule sur la couchette, le dos contre le mur, et on essayait de se protéger avec nos bras et nos jambes. La sorcière restait pourtant immobile. Mais les paroles font parfois très mal, on était en train de l'expérimenter.

Parce que je remuais beaucoup, les bottines sont sorties de mon manteau. La Charbonneuse a cessé de rire en les voyant. Ses yeux se sont agrandis, mais le reste de son visage ne ressemblait plus à celui d'une bête. Le masque de vieille sorcière est tombé sur le sol. Elle s'est approchée du lit.

Elle regardait mes bottines comme si c'était une catastrophe ou un grand bonheur, je ne savais pas encore. Ensuite, c'est nous qu'elle a regardés. Longtemps.

Elle a eu un sourire. Un sourire qui grandissait, et grandissait, et grandissait. Tellement que son visage a failli disparaître en entier. Ses yeux brillaient comme si elle allait se mettre à pleurer.

Puis elle a parlé avec une voix si douce que ce n'était presque pas croyable de la part d'une sorcière.

— Ces bottines... Où les avez-vous

trouvées?

J'ai répondu.

— Elles sont à vous. On s'est renseignés dans une usine de chaussures.

— Où les avez-vous trouvées? a redemandé la sorcière.

— Chez moi. Dans ma chambre.

Elle a pris les bottines et les a élevées très lentement à la hauteur de ses yeux. Son sourire est devenu tout petit. Mais il était beau, il nous faisait presque du bien. On s'est détendus, sans trop savoir si on avait raison.

— D'où venez-vous? Comment vous appelez-vous?

Toujours la douceur surprenante dans sa voix.

— Moi, c'est Maxime. Mon amie s'appelle Jo. Mais le reste, je ne sais pas si vous allez le croire...

— Vous avez voyagé par l'entremise de ces bottines, n'est-ce pas?

— Oui. Oui, c'est bien ça.

— Est-ce que... Non, j'ose à peine y croire! Est-ce que vous venez du... futur?

On s'est regardés, Jo et moi. La peur qui me tordait le ventre depuis des heures s'est évanouie d'un coup.

— Oui, madame! a dit Jo tout excitée. On vient du futur! De l'année 1989, plus précisément!

La sorcière s'est caché le visage avec les mains pendant un moment. Puis elle a écarté les bras.

— Mon expérience a réussi! Elle a réussi! Je croyais que les bottines avaient disparu dans le vide éternel!

Elle s'est assise à côté de nous, comme si elle était contente de revoir de vieux amis après une longue absence.

— Racontez-moi! Parlez-moi de votre société! Dites-moi comment ce sera, l'avenir!

J'étais bien d'accord. Mais il y avait un mais.

— Tout le monde raconte que vous êtes une sorcière. Si c'est vrai, ne vous gênez pas. On aime bien savoir à qui on a affaire.

Elle a ri.

— Une sorcière, oui, c'est ce que les gens disent de moi. J'avoue que je ne fais rien pour les en dissuader, d'ailleurs. Puisque cela leur plaît d'y croire! Voilà pourquoi je vous ai reçus avec ce masque hideux, tout à l'heure.

— On vous a vue invoquer la lune! a dit Jo. Les gens normaux ne font pas ça.

— Il y a bien des choses que les gens normaux devraient faire et ne font pas. Moi, il m'arrive de parler à la lune, parce qu'elle est belle. Le jour, je parle au soleil pour la même raison.

— Vous ne vous transformerez pas en loup-garou?

— Mais non! Évidemment non!

— Et l'épidémie de variole, ce n'est pas vous qui l'avez déclenchée par sorcellerie?

Elle a baissé la tête.

— Je sais que les gens m'accusent d'avoir ensorcelé l'eau et le lait. Quelle bêtise! Ignorent-ils à quel point leur eau est sale? Il faudrait la filtrer avant de la boire, installer des machines dans ce but! Et le lait qu'ils consomment est infesté de microbes de toutes sortes. Un jour, la science trouvera la façon de le purifier, j'en suis certaine.

Puis elle a eu un doute.

— Mais vous me surprenez! Vous dites venir de l'année 1989 et vous croyez encore à ces balivernes? Ne me dites pas que le monde a si peu évolué en cent ans!

— Ce n'est pas ça, a dit Jo. Seulement, depuis qu'on est ici, on s'est laissé un peu influencer.

— Ah, tant mieux! Parlez-moi de la médecine du futur. A-t-elle vaincu la variole, la diphtérie, la tuberculose?

Je n'avais jamais beaucoup entendu parler de ces maladies. Alors, j'ai fait signe que oui.

— Est-ce possible? Aujourd'hui, 25 % des enfants meurent avant l'âge d'un an. La mortalité infantile est un fléau. Les conditions de vie des gens sont tellement insalubres!

Elle s'est levée.

— De nos jours, la vie est difficile. Plusieurs familles sont obligées de partir aux États-Unis pour trouver des emplois. Les hommes travaillent jusqu'à dix heures par jour et six jours par semaine. Comment peuvent-ils jouir de la vie si on les traite comme des bêtes de somme? Même les enfants doivent travailler.

— En 1989, Maxime et moi, on va à l'école. Tous les enfants y vont.

— Tous les enfants? Mais les parents doivent être très riches?

— Pas du tout. L'école est gratuite.

— Mais ce que vous me dites est extraordinaire! L'école gratuite? Le savoir à la portée de tous?

Elle nous a pris chacun une main et elle les a serrées. Elle était vraiment heureuse de rencontrer des enfants du futur. Je commençais à la comprendre.

Ce qu'on connaissait maintenant de son époque n'était pas très rose. Ça remonte toujours le moral quand on sait que ça ira mieux dans cent ans.

— Qui êtes-vous, madame? Pourquoi les gens vous prennent-ils pour une sorcière?

Chapitre IX
Le grimoire

Elle s'est mise à marcher dans la pièce. C'était beau de la voir. Elle se déplaçait comme une ballerine au ralenti.

— Je m'appelle Gabrielle Charbonneau. Les gens ne m'ont jamais acceptée parce que je ne fais rien de ce qu'ils attendent d'une femme. D'abord, je suis célibataire. Et surtout, je suis une chercheuse. Je m'intéresse à la science et à l'avenir de l'humanité. Nous vivons une période d'intense épanouissement intellectuel et je veux participer à cette grande aventure.

Un peu de tristesse est apparue dans sa voix.

— Mais hélas, je suis une femme! Seuls les hommes ont le droit de savoir, de penser et d'exprimer leurs opinions. Les idées d'une femme n'ont aucune valeur! Les femmes n'ont pas le droit de voter aux élections. Dans les usines, elles gagnent la moitié du salaire des hommes.

En l'écoutant, je comprenais qu'elle avait dû être une très bonne institutrice.

— Comme les gens n'aimaient pas que je parle ainsi à leurs enfants, ils m'ont chassée de l'école. Puis ils ont dit que j'étais une sorcière! Durant quelque temps, leurs superstitions m'ont arrangée. Personne ne s'approchait de moi et je pouvais tenter mes expériences en paix.

J'ai sauté au coeur du sujet.

— Mais les bottines? Et notre voyage à travers le temps? C'est une de vos expériences, ça?

Elle nous a pris par la main et nous a invités à la suivre dans l'autre pièce. Ça ressemblait à une salle de bibliothèque. Il y avait des livres plein les murs et d'autres empilés sur le sol. Même Hugo, chez nous, n'en possède pas autant.

Elle a désigné un gros bouquin sur une table.

— Vous voyez ce livre? C'est un grimoire. C'est lui qui m'a donné l'idée du voyage dans le temps.

— C'est quoi, un grimoire? a dit Jo.

— Un livre de magie. De sorcellerie, si vous préférez.

— Vous nous avez dit que vous n'é-tiez pas une sorcière!

— Je n'ai pas menti. La majorité des livres que je possède sont des ouvrages scientifiques. Mais j'ai aussi quelques livres de magie noire. J'ai fait plusieurs expériences dans ce domaine, assez pour découvrir que tout cela n'est, en général, pas très sérieux.

Un peu de poussière s'est envolée comme elle donnait une tape sur l'épaisse couverture.

— Cependant, les grimoires contiennent parfois des idées intéressantes. Vous savez, la science n'appartient pas seulement aux scientifiques.

Péniblement, elle a soulevé le bouquin.

— Dans ce grimoire, j'ai trouvé une formule soi-disant magique pour connaître l'avenir. Avec moi, elle n'a jamais fonctionné. J'ai toutefois compris qu'il était théoriquement possible de quitter le présent et de voyager vers le futur.

Gabrielle feuilletait maintenant le grimoire, comme si elle cherchait une page en particulier.

— En me basant sur ce livre et sur des ouvrages scientifiques, j'ai tenté une multitude d'expériences. L'une d'entre elles consistait à fabriquer des bottines qui serviraient de moyen de transport à travers le temps. Cette idée me faisait rire moi-même, mais il fallait tout essayer.

Elle a posé le livre ouvert sur la table.

— J'ai dessiné les plans, puis j'ai présenté ma commande à l'usine. Il y a six mois, après avoir fait les calculs nécessaires, j'ai chaussé les bottines. Pourtant, elles seules sont parties.

— Si j'ai bien compris, vos bottines ont traversé le temps jusqu'en 1989 et elles sont réapparues chez moi, dans ma chambre. Quand je les ai chaussées, elles ont automatiquement refait le même trajet, en sens contraire.

— Je crois que c'est ce qui a dû se produire.

— Gabrielle, a dit Jo, serais-tu capable de nous ramener chez nous, en 1989?

— Je crois que oui. Enfin, je l'espère. Depuis quelque temps, je travaille à un autre projet. J'ai construit une machine.

— Où est-elle? Pourrais-tu nous ramener tout de suite?

— Elle n'est pas ici. Mais si vous voulez retourner chez vous, je vais vous y conduire.

J'ai posé une question à mon tour.

— Pourquoi désires-tu tellement connaître l'avenir?

Elle se tenait debout, au milieu de tous ses livres magiques et scientifiques. Une lampe à l'huile éclairait son visage. Mais on aurait dit que la lumière venait de Gabrielle et pas de la lampe.

— L'avenir? Je crois que les connaissances que nous acquerrons peuvent changer le monde. Que la science soulagera les misères de l'humanité. Qu'elle nous aidera à construire un monde meilleur. Oui, je crois que c'est possible.

Parce qu'on ne disait rien, elle s'est penchée vers nous.

— Est-ce que je me trompe? Le futur ne ressemble-t-il pas à cela?

On avait entendu des voix venant du dehors. Des voix d'hommes.

— Les chasseurs de loup-garou! a dit Jo. Ils sont venus ici pour te tuer, Gabrielle!

Chapitre X
L'horloge grand-père

— Vous êtes sûrs? S'ils vous trouvent avec moi, ils vont vous tuer aussi!

Elle a tendu l'oreille. Les voix se rapprochaient.

— Fuyons vite! Par là!

Elle a ouvert une petite porte cachée derrière la table. Puis elle s'est faufilée en premier dans l'ouverture. C'était une sorte de tunnel. Assez rapidement, on s'est retrouvés tous les trois dehors. Maintenant, on entendait mieux les chasseurs.

— Courons vers la rivière! Là-bas, nous serons sauvés!

On a couru. On commençait à être habitués. C'était comme si on n'avait fait que ça toute la journée.

Les hommes étaient de plus en plus proches. Plusieurs brandissaient leur faux avec de grands rires. Nous couper la tête, ce serait quelque chose de vraiment tordant pour eux! Mais il ne fallait pas trop leur en vouloir. Ils avaient bu beaucoup de vin et les adultes perdent souvent leur intelligence dans ces cas-là.

Je ne voulais pas mourir et je souhaitais la même chance à Jo. Je ne voulais pas non plus qu'ils fassent de mal à Gabrielle. Quand la rivière est apparue entre les arbres, Gabrielle a bifurqué vers la gauche.

On a longé la rive, tout essoufflés, mais on ne voyait toujours rien qui pouvait nous sauver. Gabrielle s'est glissée dans la forêt, puis elle est revenue en tirant un canot.

— Embarquez! C'est un canot d'écorce! Nous allons partir en chasse-galerie!

Plus tard, j'ai su que la chasse-galerie était fondée sur de vieilles légendes. La nuit, dans les chantiers, les bûcherons s'ennuyaient souvent de leurs amoureuses. Alors, ils s'embarquaient dans un canot d'écorce et vendaient leur âme au diable. En échange, le diable faisait voler le canot jusqu'au village.

Même si ça n'avait pas plus de sens que des bottines-à-voyager-dans-le-temps, on a obéi à Gabrielle. Elle est montée avec nous, puis elle est redescendue comme si elle avait oublié quelque chose.

— Je ne peux pas embarquer. Je viens de me rappeler que les passagers doivent être en nombre pair. Et nous sommes trois.

— Ils vont te trancher la gorge! a dit Jo.

Au lieu de répondre, Gabrielle nous a expliqué la route à suivre.

— Ça ne marchera pas! Un canot ne peut pas voler!

— Simple question de vents et d'aérodynamique. Ça n'a rien de sorcier. Pour vous diriger, utilisez les avirons.

Elle a prononcé une espèce de formule et le canot s'est arraché du sol. Ça rappelait les effets spéciaux au cinéma, sauf que c'était vrai. D'en haut, on a vu Gabrielle se remettre à courir. Juste à temps, parce que les hommes étaient presque parvenus à la rivière.

Le vent sifflait fort dans nos oreilles et le canot n'avait pas l'air très sûr de lui. Gabrielle et ses poursuivants sont devenus tout petits, ensuite on les a perdus de vue.

Plus on montait et plus il faisait froid.
On s'est alors mis à ramer comme si
c'était normal. Le plus bizarre, c'est que
le canot obéissait à nos coups d'aviron.

Après quelques minutes, on a aperçu
la grotte où se trouvait la machine. Mais
comment faire pour descendre? On a
cessé de ramer et le canot a perdu de l'al-
titude.

Comme on n'avait pas suivi de cours
de pilotage, le canot s'est posé en catastrophe. Jo et moi, on a rebondi comme
des balles. Puis on a couru vers la grotte
pour se cacher.

Au bout d'un couloir humide et obscur, on a trouvé un peu de civilisation. Il y avait un fanal allumé, un grand matelas avec des couvertures, une table, des livres et un garde-manger. Placée tout au fond, une gigantesque horloge grand-père attirait le regard.

Elle était énorme, la plus grosse que j'aie jamais vue. Elle devait mesurer sept ou huit mètres de hauteur. Son pendule était aussi large que le derrière d'un autobus.

On était crevés après toutes ces émotions. On se demandait si Gabrielle était toujours vivante et si elle nous rejoindrait dans la grotte tel que promis. Quand on est mort, c'est très difficile de tenir ses promesses.

On s'est endormis tous les deux avec ces sombres pensées.

C'est Gabrielle qui nous a réveillés. Elle souriait et ne semblait pas avoir subi de blessure. Une heure ou deux avaient dû s'écouler depuis notre séparation. Je lui ai demandé comment elle avait fait pour parvenir jusqu'ici.

— Ah! vous oubliez que je suis une sorcière!

Son rire de malédiction a éclaté dans la grotte. Il ne me faisait plus peur et je le trouvais même plutôt comique. Il donnait le goût de rire avec elle.

Gabrielle a tendu le bras vers le fond de la grotte.

— Vous avez vu la machine?

Tout ce qu'on voyait, c'était l'horloge grand-père géante.

— Il nous reste maintenant à faire un essai.

— Quoi? a dit Jo. Cette horloge, c'est une machine-à-voyager-dans-le-temps?

— C'est ce que je souhaite de tout coeur. J'ai vérifié mes calculs maintes et maintes fois. Elle devrait vous ramener chez vous.

Je n'étais quand même pas entièrement convaincu.

— Et si ça ne fonctionne pas?

Elle est devenue sérieuse tout à coup. Puis elle s'est forcée à paraître de bonne humeur.

— Le pire qui puisse vous arriver, c'est que vous demeuriez ici.

— On te fait confiance, Gabrielle, a dit Jo d'une voix incertaine.

C'était vrai qu'on lui faisait confiance,

mais il y avait quand même des limites. Elle nous a fait signe de nous rapprocher de l'horloge.

— Quand vous serez prêts, vous n'aurez qu'à prendre place sur le pendule. J'y ai aménagé deux sièges pour les voyageurs. Je vais déplacer les aiguilles du cadran jusqu'à l'heure précise de votre arrivée. Le jour et l'année apparaîtront sur un second cadran situé juste en haut, vous voyez?

Elle est montée dans une échelle, jusqu'à ce qu'elle soit à la hauteur des cadrans. Puis elle a tourné des roues et actionné des engrenages.

Elle nous a demandé à quelle date et à quelle heure on voulait revenir chez nous. À la fin, l'année 1989 et le jour de mon anniversaire étaient affichés au cadran. Les aiguilles indiquaient vingt heures.

Gabrielle s'est plantée devant nous, les mains sur les hanches. Il y avait un peu d'admiration dans son regard.

— J'aurais bien aimé partir avec vous. Malheureusement, le pendule ne comporte que deux sièges. Je vous retrouverai peut-être un jour, qui sait?

Elle s'est accroupie. Elle nous regardait droit dans les yeux.

— Je n'ai pas eu le temps d'en apprendre beaucoup sur votre monde. Voudriez-vous m'en parler un peu, juste pour me laisser un souvenir?

C'est moi qui ai pris l'affaire en main.

— Il y aurait tant de choses à raconter, Gabrielle.

— Alors, dites! Il n'y a plus de misère, là d'où vous venez? Vous êtes bien vêtus et vous me semblez en parfaite santé. La vie doit être beaucoup plus facile que maintenant.

J'ai pensé au four à micro-ondes acheté par mon père, au magnétoscope de Pouce, aux voitures, aux avions et au lait sans microbes. J'ai pensé à une bonne douche chaude, aux vaccins et à ma mère qui travaillait dans un garage. J'ai pensé à une foule de choses.

— Oui, la vie est plus facile que maintenant.

— Grâce à la science, les inégalités sociales ont diminué, ainsi que l'ignorance et les injustices? Il n'y a certainement plus de guerres chez vous? Les gens sont plus évolués, plus pacifiques, plus tolérants? Allez-y, dites-moi la vérité.

Ça la rendait heureuse d'imaginer le futur ainsi. Moi, je songeais à ce que je voyais tous les jours aux Informations. J'aurais voulu ne plus rien dire, mais elle ne me rendait pas la tâche facile.

— Ça vaut beaucoup mieux que tu ne partes pas avec nous, Gabrielle.

— Pourquoi cela?

— Je pense que tu ne survivrais pas au choc du voyage.

Elle s'est redressée en silence. Comme c'était une femme optimiste, elle a vite chassé le malaise.

— Installez-vous sur le pendule maintenant. Je ne voudrais pas que ces brutes vous découvrent ici.

Elle nous a aidés à nous asseoir de chaque côté du pendule. Ensuite, elle a actionné une manette et le pendule s'est mis à osciller de plus en plus vite.

— Au revoir, Jo et Maxime! Et prenez bien soin du futur!

On aurait voulu la remercier et lui dire à bientôt. Mais on était comme paralysés à cause des mouvements du pendule.

L'image de Gabrielle s'est effacée. La

grotte s'est remplie de millions de points de couleur.

Pendant un long moment, je n'ai plus pensé à rien. Je ne savais même pas si j'existais encore.

Épilogue

Quand on est sortis de ma chambre, tout le monde était encore autour de la table. Prune, Hugo, Ozzie et Pouce finissaient mon gâteau d'anniversaire. Ils riaient. C'était ma fête et ils avaient bien raison de s'amuser.

J'ai pris tout de suite mon père et ma mère dans mes bras en les serrant très fort. Quand j'ai commencé à pleurer, ils ont remarqué ma saleté et mes chaussures trouées. Ils ont regardé Jo.

Elle parlait au téléphone avec sa mère. Elle pleurait aussi, à cause de la joie et des émotions fortes.

Hugo et Prune ne comprenaient pas. Ils pensaient qu'on était sortis et qu'on avait eu un accident pendant notre promenade.

Pour eux, tout ça avait duré un quart d'heure à peine.

Avant de leur raconter, j'ai regardé par

la fenêtre.

La pleine lune ne faisait plus peur à personne. Elle paraissait d'excellente humeur. J'ai même eu l'impression qu'elle m'adressait un clin d'oeil.

Table des matières

Chapitre I
Drôle de surprise! 7

Chapitre II
En quelle année, s'il vous plaît?.......................15

Chapitre III
La Charbonneuse 21

Chapitre IV
Mme Fortune 29

Chapitre V
Sorcière et loup-garou 37

Chapitre VI
Nous, des lutins?...45

Chapitre VII
Le rire de la sorcière 55

Chapitre VIII
Comment ce sera, l'avenir?...............................65

Chapitre IX
Le grimoire 73

Chapitre X
L'horloge grand-père 79

Épilogue..91

Achevé d'imprimer
sur les presses des Ateliers des Sourds Montréal (1978) inc.
1er trimestre 1989